Helt ude i Hampen

- En skrøne

*

Jeg vil fortælle, hvad der skete for ganske få år siden i Hampen. Du vil måske ikke tro på det, du nu skal til at høre. Det må du jo selv om. Det, jeg nu vil fortælle dig, er da rigtig nok også så langt ude, at det nok kun kan ske helt ude i Hampen. Det, jeg snart vil begynde at fortælle, er blevet kaldt en skrøne. Jeg har dog ikke lagt noget til eller trukket noget fra. Jeg fortæller det, som jeg fik det at vide.

Først må jeg tillade mig at beskrive Hampen for dig. Det er jo ikke sikkert, at du kender meget til Hampen. Hampen minder om rigtig mange andre små og gennemsnitlige byer i udkanten af det Danmarkskort, de fleste kender. Hampen har stadig en børnehave og en købmand. Hampen har ikke nogen skole, men husene ligger strøet ud langs vejen på samme sted, som de har ligget siden byen opstod. Ingen kan længere huske, hvordan byen opstod.

Der bor ikke helt så mange mennesker i Hampen, som der engang gjorde. Dem, der bor i Hampen, kender alle sammen til hverandre. De holder fester i den lokale og faldefærdige sportshal. Ingen, heller ikke i Hampen, kan huske alting om alle. Til sammen ved de dog næsten alt om alle. Det de ikke ved, digter de.

Man ser næsten Hampen, hvis man kører af den gamle landevej imellem Vejle og Viborg, men også kun næsten. Hampen har, så vidt vides, ikke fostret nogle personligheder, der er gået over i Danmarkshistorien. Det er en skam! Der er nemlig noget særligt at hente i Hampen. Det er skrønens magi, når alting endnu ikke er på formel, og når livet bare er livet uden at være tøjlet. Alt det kan det – helt ude i Hampen.

*

Inden jeg lader fortællingen overtage helt, må jeg for god ordens skyld præsentere mine venner og naboer. Du føler måske, at du kender til dem, jeg vil fortælle om. Det gør du jo ikke, medmindre selvfølgelig, at du bor i Hampen. Om lidt skal du møde:

Anders L. Kjeldsen. En stor mand i både mund og krop. Han er fraskilt og murer. Anders er meget glad for øl, men det er ikke helt usædvanligt i Hampen. Altså det med glæde over øllet. Anders kører rundt i en Ford Escort, årgang 1995, med 90 heste spændt for. Anders vil meget nødig tage fejl. Det vil måske de færreste, men han vil altså meget nødig tage fejl... .

Du vil møde **Hjalte J. Poulsen,** gift med **Rolla J. Poulsen**. Hjalte er murer som Anders. Faktisk arbejder Anders og Hjalte sammen. Dobbelt faktisk er Anders og Hjalte bedste venner fra siden tidernes morgen. Hjalte har altid hængt bagefter Anders som en venstrehånd. En udmærket, begavet, venstre hånd. Hjalte er muligvis født med et navigationssystem i stedet for frontallapper – det er ikke bekræftet, men mistanken er der. Hjalte er almindelig af statur.

Emil K. Larsen er nyligt blevet gift med **Silke T. Larsen.** Nyligt i små bysamfund som Hampen er relativt. Emil og Silke vil altid være de nygifte, lige indtil nogle andre er nyligere gift. Det er ikke kun en regel for Hampen. Den regel gælder i alle mindre samfund. Emil knuste mangen et hjerte i Hampen og opland, da han blev smedet sammen med ***Lækre Silke***. Emil gør ikke meget statur af sig. Han behøver det ikke. Har man som han udseendet med sig, behøver man ikke andet for at skille sig ud.

Jeg vil fortælle om **Jesper M. Hermansen**, lykkeligt gift med **Michelle F. Hermansen**. Jesper er en rigtig stor og tung mand. Der løber et rygte om, at han vejer mere end selv Anders, men det er aldrig blevet bekræftet. Han er smed og har kræfter som en bjørn. Han er god nok, den store kraftige smed, men meget fornuft er der ikke blevet tildelt ham.

Jeg vil også præsentere dig for **Tosh S. Nissen,** alias *Nissen*. Tosh er ugift. Tosh er så liden af statur, at han har problemer med at føre en almindelig bil. Han kan ikke kigge over ratstammen. Tosh er vokset op med en kærlig mor, **Grethe.** Grethe ønsker fortsat, nu da Tosh er blevet voksen, at beskytte sin søn mod hungersnød og andet ilde, der kunne tilstøde ham.

Grethe, ligesom i øvrigt Hjalte, Emil, Jesper og Tosh, ser et klart og umiskendeligt stort lys i Anders. De mener, ligesom Anders selv, at Anders næsten aldrig tager fejl.

*

Det var en efterårsdag for ganske få år siden. Ikke flere dikkedarer, jeg fortæller slet og ret, hvad der skete... .

Hjalte J. Poulsen kløede sig på hagen. Han forsøgte at få helt styr på det vennen fortalte ham.

"Altså er svin så billige i Polen, at vi kan spare en formue?"

Spurgte Hjalte for tredje gang sin ven. Han havde meget svært ved at se fidusen.

"Ja sgu."

Bedyrede Anders L. Kjeldsen. Han nikkede frem for sig, imens han svingede bilen ind foran Spar købmanden ved campingpladsen. Hjalte kiggede på sin ven, der stadig sad og nikkede. Hjalte spurgte forvirret:

"Kan man bare køre ind til en landmand i

Polen og købe et svin?"

Anders nikkede fortsat.

"Det kan man Hjalte, hvis man har kontakter."

Hjalte kiggede vantro på Anders. Hjalte havde kendt Anders, siden de kunne gå. Den eneste kontakt i Polen som Hjalte kunne tænke på, var Gerwazy Kowalczyk.

"Du har da ingen kontakter i Polen Anders."

Anders kiggede fornærmet over på Hjalte, imens han satte bilen i frigear.

"Hvad fanden ved du om det Hjalte?"

Anders skubbede sin krop med utallige overflødige kilo frem. Først bagdelen og siden resten af kroppen, hvorefter han tog en dyb indånding, før han begyndte at kante sig ud af bilen. Først løftede han besværet sine ben ud af bilen, imens han tog et fast greb øverst på døren. Det faste tag i døren brugte han til at hive sit enorme legeme op til oprejst stilling udenfor bilen. Anders var forpustet. Idet han stod helt ud, vippede Ford Escorten faretruende over mod passagersiden, hvor Hjalte sad.

Anders smækkede døren hårdt i. Hjalte sprang gesvindt ud af sin side og smækkede døren, næsten lige så hårdt i som Anders, før han sagde:

"Nå, man er nok lidt pirrelig. Herren har måske ikke fået familiepizzaen for sig selv nu til aften."

Hjalte vrængede den sidste kommentar ud. Anders kiggede olmt på Hjalte.

"Hold din kæft, din lille ... ."

Anders afbrød sin egen kommentar, og forsøgte i stedet at sparke ud efter Hjalte. Hjalte, som var klog af års venskab, var for længst i spring op mod døren til købmanden. Anders råbte efter ham:

"Den polske kontakt hedder Franciszek Kowalczyk, din lille undermåler."

Hjalte stoppede op med hånden på håndtaget.

"Hvem fanden er Franciszek Kowalzyk?"

"Gerwazy Kowalczyks far. Han har et kæmpe

landbrug i Polen."

Hjalte rystede vantro på hovedet. Anders og Hjalte havde arbejdet sammen med Gerwazy. De havde muret mange af husene i nyudstykningen bag stadion.

"Har du holdt kontakten med Gerwazy?"

Anders nikkede selvtilfreds.

"Hvorfor har du holdt kontakten med den skide polak?"

Spurgte Hjalte insisterende.

"Han kunne jo knapt et ord dansk!"

"Billige svin, billige svin. Alting skal da også skæres ud i pap mit uopfindsomme sidekick."

Hjalte krympede sig ved den sidste kommentar. Han havde altid hængt bagefter Anders som det tynde øl. Anders fortsatte, for nu følte han, at han igen havde overtaget i samtalen:

"Det er forskellen på dig og mig Hjalte,"

sagde han belærende.

"Jeg bruger hovedet. Imens du ligger hjemme og krammer Rolla, så kommer jeg på planer.

Franciszek Kowalsky driver en kæmpe svinebedrift, der ejes af et konsortium af danske svinebønder. Svinene produceres uden alle de besværlige regler, som de har herhjemme. Desuden er lønnen i Polen en tredjedel, af hvad den er i Danmark. Altså, min ven, så bliver svinene slagteklare for under en fjerdedel af, hvad danske slagtesvin koster. Vi mærker bare ikke meget til det herhjemme, for toldreglerne gør flæskestegene og pølserne så meget dyrere, før vi endelig kan købe dem hos slagtere som Ravnen."

Hjalte irriterede sig over, at han havde fået Anders i gang med at kloge sig. Anders elskede at høre sig selv og benyttede enhver lejlighed til at fremføre en ukompliceret sag på en meget omstændelig måde.

"Hvis man derimod henter svinet ved døren. Så koster det som sagt en femtedel af prisen."

"Du sagde en fjerdedel før!"

Indvendte Hjalte.

*"Øh ja, en fjerdedel af prisen. Man skal bare
selv fragte den hjem. Så har ingen ondt i røven
over det, og vi kan få helstegt pattegris til flere
dage."*

Hjalte nikkede; han var næsten overbevist.

"Hvad med brændstof derned?"

Ville han gerne vide.

*"Vi fylder Ford Escorten hjemmefra, og tanker
dernede. Benzinen er så billig i Polen, at hvis
vi fylder tanken op, når vi har hentet svinet, og
køber syv flasker vodka, så har vi tjent
femhundrede på brændstoffet alene, når vi når
hjem."*

Anders havde talt sig varm og havde svært ved
både at holde talestrømmen overbevisende,
samtidig med det faktuelle. Hjalte lod sig dog
ikke mærke med flere detaljer i planen. Han var
overbevist. Alt han nu ønskede at vide var:

"Hvornår henter vi svinet?"

"I morgen tidlig."

Hjalte nikkede tilfreds. Han åbnede døren til

Spar, og gik ind.

*

Jesper drejede først overkroppen og siden hovedet, da han hørte bilen svinge ind på gårdspladsen. Plasticstolen, han sad på, var i forvejen overbelastet fra trykket af den tunge mand, så da han flyttede vægtfordelingen i forsøget på at se ud af vinduet, opgav den, at holde den store mand oppe. Jesper brast på gulvet med et drøn, der fik dåser og spillekort til at hoppe på bordet.

"For satan Jesper M. Hermansen dit fede svin."

Emil var vred.

"Silke bliver sgu da arrig, når hun opdager, at du har ødelagt den tredje stol på fjorten dage."

Jesper kluklo på gulvet og forsøgte at rejse sig op ved at tage fat i bordkanten. Bordet rykkede sig en smule, men Jesper kom til sidst op at sidde. Han tog hårdere fat i bordet, der som sin følgesvend, stolen, muligvis anede, at tiden var omme og opgav ævred. Dåser og spillekort faldt ned i skødet på Jesper. Tosh, der havde fulgt optrinnet med store øjne, dog uden at gribe hjælpende ind, gav sig til at skraldgrine, imens han gentog:

"For satan Jesper M. Hermansen, dit fede svin."

Jesper drejede sig rundt på alle fire og stak først bagdelen i vejret, inden han overraskende hurtigt var på benene. Han langede indover resterne af bordet og gav Tosh S. Nissen et stryg med flad hånd over nakken. Tosh, der var fuldstændig uforberedt på angrebet, klappede sammen på midten. Stadig siddende i stolen slog han panden mod sit eget knæ og gik ud som et lys. Jesper gryntede tilfreds. Det var én ting, at Emil K. Larsen bandede over ham. Emil, der indtil for nylig var eftertragtet ungkarl i by såvel som opland. Emil, der nu

efter kortvarigt kysseri var gift med Silke. Lækre Silke Larsen. Emil var jo Emil. Det var en helt anden situation når Nissen, lille Tosh S. Nissen, gjorde det. Tosh skulle på ingen måde gøre grin med Jesper Hermansens størrelse.
"Du har slået Nissen helt ud denne gang."
Konstaterede Emil, der stod bøjet over letvægteren Tosh.
"Hmm."
Brummede Jesper til svar.

*

Anders og Hjalte kom ind af døren i højt humør.
"Det var i fandme længe om."
Jesper skelede til Emil for opbakning. Emil lod sig ikke mærke med Jesper. Han havde fået Tosh ned at ligge på gulvet og stod nu bøjet over Tosh, imens han prikkede til ham. Hjalte satte to kasser øl fra sig på gulvet, inden han

støttede sig mod karmen for at puste ud. Lige efter fulgte Anders. Anders, der først nu vel indenfor døren havde fået øje på roderiet med det væltede bord, dåserne der flød rundt om, og ikke mindst Tosh, der lå midt i det hele. Anders åbnede munden i en undrende gestus og fortsatte sin gang ind i rummet, imens han kiggede rundt på ødelæggelserne. Anders opdagede derfor først sent. Alt for sent, at Hjalte var stoppet op lige indenfor døren. Anders traskede videre med åben mund og polypper – helt uden at opdage ulykken forude. Anders ramte Hjalte, der stod måbende indenfor døren, med en kraft af hundrede og fyrre kilo uopmærksom mand i fremarch. Hjalte faldt ikke bare. Han landede først et vældigt langt stykke inde i rummet. Hjalte stod, da han fik skubbet, så uheldigt, at han faldt over ølkasserne, han selv havde sat, lige inden for dørkarmen. Idet han landede, forsøgte han at tage fra overfor slaget med sine hænder.

Uheldigvis for Hjalte var begge hænder derfor allerede i brug, og han kunne ikke afværge slaget i hovedet, da han ramte det væltede bord, der lå som en horisontal mur midt i rummet.

"Nej nej,"

Jamrede Emil.

"Nu har vi to, der er sendt til tælling. Silke bliver ikke glad for det her roderi."

Anders rystede vantro på hovedet over scenariet.

"Hvad fanden er der sket med Nissen?"

Jesper vrissede.

"Hold nu kæft Anders du er ikke en skid bedre selv."

De to tunge mænd så hinanden an et kort nu, før Anders nikkede eftertænksomt. Derefter lyste han op i et smil.

"Vi må have puttet de små, for nu skal vi spille kort. Jeg har store planer for os."

*

Anders, Emil og Jesper havde ryddet rummet nødtørftigt. Rejst bordet op, skubbet de fleste dåser til side. Tørret gulvet med Toshs jakke. Lagt Tosh og Hjalte i sofaen ved endegavlen. Der lå de nu arm i arm, da det var den eneste måde at få plads til begge, uden at Tosh ville falde ned fra den smalle sofa. Alt i alt mente de tre tilbageværende, at der nu igen så hæderligt ud i rummet. De tre vågne sad ved bordet med hver deres bunke kort.

"Fisk. Jeg vil gerne bede om dine syvere."

Det var Jesper, der meldte. Emil lyste op i et smil.

"Pas."

"Det kan man sgu da ikke sige i Fisk."

Anders var oprørt.

"I spiller det forkert."

Han kastede kortene bagover skulderen for at illustrere, hvor fortørnet han var.

"De der hjemmeregler gider jeg bare ikke. Så

må vi spille krig, hvis I to helte ikke kan
reglerne i Fisk."

Jesper kiggede med stor ærefrygt på Anders.
Ingen anfægtede for alvor Anders' dømmekraft.
Jespers ærefrygt gled hurtigt over i de
sædvanlige folder af komplet forvirring. Han
tænkte stadig, så det knagede, over, hvordan
reglerne i Fisk mon så var. Han kunne ikke
komme på nogle som helst regler. Hverken til
Fisk eller til Krig. Han var rigtig godt og
grundigt forvirret. Han lagde roligt kortenene
på bordet og spurgte i stedet:

"Du Anders. Hvad var det for en plan, du
havde til os?"

Emil lænede sig nu også tættere ind mod bordet
for at høre planen. Anders lyste op i et stort
smil. Han elskede, når han skulle fortælle uden
afbrydelser.

"Nu skal I to holde tungen lige i munden."

Indledte han sin monolog. Jesper stak tungen
ud, og gjorde den fast i et solidt bid mellem

tænderne.

"I ved godt, hvordan vi plejer at forhandle i ugevis med Ravnen i Ejstrup?"

De to andre nikkede, og satte sig bedre til rette. De vidste, at nu kom der en længere udredning fra Anders. Hver gang Anders' forklaringer handlede om Sander M. Ravn, slagteren i Ejstrup, så var samtalen aldrig kortfattet. Anders og Sander var berygtede for at være de mest stædige og påholdende mænd i hele Midtvestjylland. Anders og Sander forhandlede ugentligt indædt om en spegepølse. Den særlige pølse med hvidløg, som Anders elskede mest af alle pølser. Anders ville i sådanne fastlåste forhandlinger komme og gå i slagterforretningen i flere dage efter arbejde, inden de ville nå til enighed om, at hver fjerde spegepølse er gratis. Efter en uge ville de to kamphaner som regel være nået til enighed. Det var omtrent på den tid, hvor Anders igen manglede en ny spegepølse til madpakken. For godt en uge siden var forhandlingerne imidlertid gået helt i hårdknude for Anders og Sander. Det var tiden på året, hvor der skulle forhandles pris på svinet til den årlige Grisebassefest. En årlig fest, hvor Anders, Hjalte, Tosh, Jesper og Emil holdt en ordentlig fest for at fejre sig selv og de nærmeste bekendte. Anders havde ubøjeligt fastholdt overfor Sander, at hver fjerde svin skulle være gratis, hviket var i år. Det krav havde indledt en forhandlingskrig mellem slagteren og pølseelskeren, som sjældent før var set. Anders var blevet så fornærmet denne gang, at han havde forladt forhandlingsbordet med meget skarpe ord i munden. Angiveligt skulle han, ifølge Lille Per fra Glud, der var i forretningen, da kampen foregik, have sagt følgende:

"Det siger jeg dig, Ravnen. Det er et komplot, og jeg vil ikke finde mig i jeres slagtermonopol længere. Det får konsekvenser for slagterstanden det her. Mærk dig mine ord,

Ravnen. Der kommer til at ske ændringer."

Der havde i den forgangne uge været meget stille omkring Anders. Han havde ikke vist sig, hverken foran købmanden til eftermiddagsbajeren eller ved hallen. Han havde heller ikke deltaget i onsdagens Old Boys kamp mod Nim. Han havde sågar ikke været ved cafeteriet for at få sin aftensmad. Det var en besynderlig adfærd for en mand, der skulle vedligeholde en konstant overvægt på hundrede og fyrre, efter eget udsagn, fornuftigt fordelte kilogram. Det havde derfor overrasket vennerne, da han pludselig denne fredag aften havde afbrudt afbrydelsen og, som om ingenting var hændt, havde inviteret alle mand til et par øl hos Emil.

"Vi må boykotte Ravnen og alle hans sammensvorne. Det er, hvad vi må gøre."

Jesper skelede igen til Emil, men Emil kiggede bare tankefuldt frem for sig.

"Der er et komplot i slagterstanden."

Forklarede Anders langsomt, så alle to tilhørere kunne følge med.

"De tager overpriser for svin i Danmark. De holder priserne i vejret med vilje. Slagterne gør det, så vi almindelige mennesker ikke længere har råd til at købe vores pølser og flæskestege."

Anders kiggede rundt for at sikre sig, at han havde tilhørernes opmærksomhed. Jesper så forvirret på Emil og siden på Anders, før han spurgte:

"Jamen Anders, hvorfor skulle de dog gøre det så dyrt at købe svinekød, at vi ikke har råd til det? Hvis de gør det, så kan de jo ikke sælge svinekødet, og så har de jo ikke noget arbejde."

"Nej nej,"

Fortsatte Anders.

"Det er jo netop, hvad de ønsker sker. Først får alle ondt af slagterne, og så kan de få støtte fra EU, fordi de ikke kan opretholde et levebrød som slagtere."

"Hvad med al det kød der ikke bliver solgt?"
Ønskede Emil at vide. Han havde indtil nu
forholdt sig lyttende, men følte sig, frygtede
han, lige så forvirret som Jesper. Det ville
formodentlig betyde meget forvirret, tænkte
han.

*"Det er jo det, der er hele fidusen for
slagterne. Alt det svinekød, de ikke kan sælge,
bliver solgt til Argentina. De elsker dansk
svinekød i Argentina. I stedet køber den danske
regering svinekød i Argentina. Alle er med i
det. Regeringen, slagterne, Mærsk og
Økologisk institut. De bilder os allesammen
ind, at argentinsk svinekød er særligt opdrættet
og dermed fornemt kød. På en måde kan de
holde priserne endnu højere oppe, fordi vi er
tvunget til at købe vores kød helt i Argentina."*
Emil så forvirret og vantro på Anders.

"Hvad siger forbrugerrådet til alt det her?"
Jepser nikkede for at få et opklarende svar.
Uden helt at vide på hvad. Anders svarede:

"De er med på den, "

bedyrede han. Nu var han meget rød i hovedet af ophidselse.

"De ved jo, at det er danske rederi-penge, der tjenes hjem. Hvis de kan få denne lille lukrative handel i gang mellem kontinenterne. Det holder skibene i søen og udsulter os almindelige fattigfolk."

Jesper kiggede mere indgående på Anders. Jesper tænkte ikke, at Anders så særlig udsultet ud. Tværtimod lignede han en, der havde fået rigeligt af den argentinske bacon.

"Hvad med bønderne?"

Spurgte Emil.

"Hvad med dem?"

Anders var i vildrede om, hvad vennen mente.

"Jo. Altså, der er jo så mange bønder, der har grise. Bare på vejen mod Ejstrup vokser der i hundredvis op. Hvad med dem? Kunne vi ikke bare købe en sort gris i stalddøren?"

Anders rystede belærende på hovedet.

"Nej min fine ven,"

sagde han nedladende.

"De er en del af komplottet."

Anders tænkte sig lidt om, før han i et smil

sagde det motto, som han lige var kommet på

til lejligheden:

"Dette går hele vejen fra bonde til de onde."

Han smilte selvtilfreds.

Emil fortsatte insisterende:

"Jamen, hvad får bønderne ud af det?"

Anders, der tydeligvis ikke havde tænkt så

langt i sin komplotteori måtte tænke sig om et

øjeblik, før han fandt på et passende svar:

"De stopfodrer deres stakkels grise med

medicin. Så meget medicin må de danske svin

slet ikke spise. Svinebønderne ved derfor godt,

at de må sende svinene til et u-land. Argentina

elsker svin med medicin, for de har jo ikke råd

til at give den slags til den almindelige

argentiner. Istedet giver de argentinerne

svinekød med masser af medicin i. Det holder

argentinerne ved godt helbred. I stedet køber

man de fattige argentineres svinekød.

Argentinerne er så fattige, at det kød vi får til

landet er i en sørgelig forfatning, da

argentinske svin er fodret dårlig op, og har

haft mange sygdomme i løbet af deres liv."

I Anders' øjne brændte en salig glød. Det her

var så saftige sager, at han ikke engang havde

set hele omfanget af komplottet, da han i

formiddags havde tænkt det igennem. Sikke

noget svineri nåede han at tænke, inden han

fortsatte:

"Det er med andre ord noget forfærdeligt

dårligt kød, vi får til landet. Det betyder dog

ikke noget. For da argentinerne ikke har haft

råd til at give svinene ordentlig medicin, og i

øvrigt ikke har kunnet give dem ordentlig mad,

ja så har de bare græsset rundt i regnskoven."

Anders kiggede rundt på vennerne for at se, om

de stadig lyttede. Han noterede sig, at især

Jesper så overordentlig forvirret ud. Jesper følte

sig nedstirret af sin kloge ven, og for at undgå øjenkontakt satte han dåseøllen for munden.

Anders fortalte videre efter den korte kunstpause, man bør holde, inden man fortæller pointen:

"De danske myndigheder ved alt det her, men de vælger derimod at beskrive de dårlige pølser og flæskestege som naturligt opdrættet økologisk svinekød fra Argentina. Det er et stort svindelnummer, og i toppen af kransekagen sidder Ravnen og Ravnens kumpaner."

Anders sluttede sit indlæg med at åbne en ny øl, hvorefter han satte den til munden. Han var godt tilfreds med sig selv.

Emil afbrød Anders i sin selvtilfredshed i et forsøg på at punktere hele den fantastiske historie:

"Hvad skulle dog Ravnen og kumpanerne få ud af det hele?"

Anders kiggede vantro på Emil.

"Har du slet ikke forstået det?"

Spurgte Anders retorisk. Da han også selv havde glemt den del af forklaringen, sagde han nu:

"Det er da for at have alt det lækre kød for sig selv. Alt det de ikke kan sælge, fordi det er for dyrt, det kommer jo hjem i deres egen fryser. Det er da klart."

Anders rystede på hovedet over vennens uvidenhed. Jesper var nu grundigt arrig på Sander M. Ravn. Jesper havde ikke forstået meget andet af komplottet, end at han som almindelig dansker blev snydt. Det, syntes Jesper, var dog i sig selv også sindsoprivende nok.

"Åh,"

Sagde Jesper.

"Havde jeg den snu rævepels til Ravnen lige her ... ."

Jesper knugede sin store smedehånd sammen. Emil sank en klump. Det ville være ude med

Ravnens hals, tænkte han, hvis den havde siddet imellem den sammenklemte hånd.

Anders, der begyndte at ane, at komplotfremlægningen tog en radikaliseret drejning, greb nu ind.

"Jeg ved selvfølgelig, hvad vi kan gøre ved det."

Han lod sætningen hænge i luften. Jesper løsnede sit greb om Ravnens imaginære hals og lyttede. Emil spurgte:

"Hvad kan vi dog gøre mod noget så stort, Anders?"

Anders gned sig i hænderne.

"Vi vil have dansk svin til grisebassefesten og dansk svin, skal vi få. Vi må køre til min kontakt i Polen, hvor vi ærlige folk stadig på almindelig vis kan købe svin i stalddøren."

Jesper kløede sig i nakken.

"Hvordan kan vi købe dansk svin i en polsk stalddør?"

Anders var irriteret nu.

"Det er jo et dansk konsortium, der ejer de polske svinestier. Det er jo som et lille stykke dannevang i Polen. Vi skal sådan set bare køre til Polen. Køre ind i lille dannevang hos Franciszek Kowalczyk, min polske kontakt. Købe et dansk svin. Fragte det igennem Polen og tilbage til Danmark."

Både Emil og Jesper nikkede indforstået.

"Hvornår skal vi hente svinet?"

Spurgte Emil og Jesper i kor.

"I morgen tidlig kører vi."

Anders slog ud med hånden som for at signalere, at mere var der ikke at sige om den sag.

*

D et var sent på natten blevet til lodtrækning om deltagerne på ekskursionen til Polen. Det havde været selvindlysende, for de tre sidste oprejste venner, at Ford Escortens ikke åbenlyse, men skjulte begrænsninger, kun næppe, ville kunne fragte alle fem venner til Polen. Og da slet ikke ville kunne klare tilbageturen med fem venner og et svin. Anders, Emil og Jesper følte sig selvskrevet. De var jo vågne til planlægningen. Anders havde et stort ønske om at få Hjalte med på ekskursionen. For som han sagde:

"Man tror det ikke om den lille gut, men han har et navigationssystem siddende der, hvor vi andre har frontallapperne."

Det havde givet anledning til en del diskussion i tremandsgruppen. Emil påpegede meget logisk:

"Nissen fylder nær ingenting. Vi kan have fem rammer øl stående ved Nissens fødder, og han vil kun være taknemmelig for, at han ikke skal sidde på bagsædet og dingle frit med fødderne hele vejen igennem Tyskland."

Et vægtigt argument. To brugbare egenskaber, der kunne komme til stor hjælp undervejs på en svineekskursion. En gps istedet for frontallap, eller en lidenhed, der gav uanede muligheder for at medbringe ekstra ekskursionsgrej. Til sidst var det blevet lodtrækning imellem de to intetanende venner, der lå snorkende arm i arm på sofaen.

"Ja ja,"

sagde Anders og gned sig i hænderne.

"Så blev det dig Hjalte J. Poulsen."

Anders klappede Hjalte kærligt på kinden.

"Det bliver en fin tur."

*

Anders, Emil og Jesper forberedte den sidste del af ekskursionen ved at drikke resten af øllene i kasserne, hvorefter de gik til ro.

*

Næste morgen vågnede Anders og følte sig veltilpas. Han var udhvilet og så frem til turen til Polen, som et lille barn ville se frem til juleaften. Han satte sig op og kiggede rundt. Emil og Jesper sad og hang over morgenkaffen.

"Av mit hår."

Bedyrede Jesper. Emil rystede blot på hovedet. Han kunne knapt finde ordene frem til at beskrive den skærsild, han befandt sig i. Anders smilte imødekommende og sagde:

"Sådan et par vatnisser."

Han sprang rørigt for en mand af Anders' legemsstørrelse ud af sofaen og på benene.

"Vi må afsted."

Hjalte, der stadig lå på den anden sofa, nu uden at have Tosh i armene, gav et par smask og et par dybe vejrtrækninger fra sig, men sov i øvrigt videre. Jesper lod først til at bemærke den manglende ven i det øjeblik og påtalte det forundret:

"Nissen er forsvundet."

"Visse vasse Jesper, han er blevet træt af at høre på jeres klynkeri og er gået hjem."

Anders strålede. Han lod sig ingenlunde gå på af den manglende ven. Man kunne ane i det smil, der funderede om munden på ham, at det passede ham udmærket.

"Hvad fanden; vi havde jo ikke plads til ham alligevel."

Anders tog fat i sin ven Hjalte og kastede ham over skulderen. Herefter slæbte han ham ud i bilen.

"AAAAA-FGANG."

Lød det rungende fra gårdspladsen. Emil og Jesper rejste sig og gik ud i bilen. Anders svingede ud på Stadionallé, kørte halvtreds meter, og svingede til højre af Gammel Hampen Bygade. Herefter trillede Ford Escorten mageligt yderligere feomogfyrre meter, før Jesper råbte:

"Stop ved Spar. Vi skal proviantere."

Anders svingede Forden ind på parkeringspladsen foran Spar, og Emil blev sendt ind efter øl. Efter de havde tanket en kasse øl i Spar, var de på vej mod Polen. På vej til Polen for at hente et svin i stalddøren hos den polske landmand Franciszek Kowalzyk.

*

Vennerne var bestyrket i turens fornuft, da de nåede Hamborg. Her havde de gjort status over ølkassens indhold, og den var tom. Anders havde været så nogenlunde med i fordelingen, når der blev langet ud. Den sidste forbeholdt han dog sig selv. Han var jo chauffør, og selvom man måtte vise et vist mådehold som chauffør, så måtte en mand ved roret jo fattes den sidste pilsner. Det var også omtrent ved Hamborg, ud for havnefronten, hvor der var udblik til de mange containere, der stod afventende som tinsoldater på rad og række, at de mærkelige lyde begyndte. Først troede Anders, Emil, Jesper og Hjalte, at skrabelydene var den fjerne lyd af tusinder og atter tusinder af containere, der læssedes af og på skibe i havnen. Alle som en blev de dog enige om, at især den meget spæde lyd af noget, der lød som et svagt råb om hjælp, var urovækkende og uhyggelig. Det var dog først ved Kasselbakkerne, at de fire helte forstod, at mislyden ikke kunne overhøres længere. Det var netop under opkravlingen af bakkerne ved Kassel, at Forden begyndte at strejke. Den mistede først kraft i sit momentum, og siden satte motoren i med en meget dyb og klagende brummen. Anders måtte, under forbandelser og eder, sætte Ford Escorten i fjerde gear for overhovedet at fortsætte fremdriften. I den ændrede motorlyd var der en tydelig banken og skraben.

"Hvad er det for en lyd?"

Spurgte Hjalte forundret. Han havde aldrig

oplevet Ford Escorten afgive så dyster og dyb
en brummen, og han havde slet aldrig oplevet
sin ven Anders benytte sig af det fjerde gear på
en motorvejsstrækning. Anders kiggede hvast
og beklagende på Hjalte ved sin side og gjorde
et kast med hovedet om mod Jesper:
*"Den lyd er såmænd lyden af halvfems heste,
der har overordentligt svært ved at slæbe
Jesper, det fede læs, op over bakken."*
Der var stille et øjeblik, før Jesper forstod, at
han ufrivilligt var blevet beskudt med
fornærmelser omkring sin vægt. Anders
kastede et blik på Jesper over skulderen. Den
enorme smed, der sad på bagsædet, overvejede
fra sin gunstige position modsat Anders at
daske denne i nakken. Bare et lille dask. Bare
et lille bitte dask, ikke ulig det Tosh havde fået
aftenen før. Han nåede dog også at indtænke
det uhensigtsmæssige i det, eftersom Anders
førte det køretøj, der ganske vist ikke hurtigt,
men alligevel med en dødbringende fart, var

ved at føre dem over Kasselbakkerne. Alt for sent, da tankebanerne havde taget omveje, fremstammede Jesper derfor:

"Hold din kæft, dit fede læs."

Allerede da det var sagt, stod to ting lysende klart for både Jesper og resten af ekskursionsholdet. For det første er der en sproglig naturlov, der byder, at hvis man skal sige noget grimt tilbage til nogen, skal man aldrig bruge de samme ord. Man skal, som minimum, udskifte omtrent halvdelen for at bevare originaliteten. For det andet, hvilket var værre, Jesper havde været en tand, en meget lang tand, for lang tid om at svare. Det er den verbale krigs anden naturlov. Skal man retaliere en smædekampagne, skal man svare inden for to sekunder. Ikke inden for otte sekunder, hvilket virker som urimelig lang tid til at svare. Det fremstiller dumhed. Jesper havde brudt begge svineriets naturlove. Jesper havde aldrig tænkt over smæderiets naturlove, men vidste,

blot instinktivt, at han havde været uoriginal og langsom. Det affødte grådlatter fra de resterende i bilen. Så voldsomt grinte Hjalte, at han satte i et ukontrolleret grynt af to omgange. Emil klukkede, så tårerne trillede, på bagsædet, og kunne slet ikke stoppe igen. Jesper var lige ved selv at overgive sig til et smil, da der pludselig lød et enormt dybt og hult *klong* fra baggagerummet. Anders kiggede forskrækket i bakspejlet, de andre vendte sig om, og kiggede bagud. Igen lød der et hult *klong*, og denne gang så vennerne, hvordan bagsmækken kortvarigt bulede op på midten, før bulen igen forsvandt i den plane bagsmæk.
"Det var lige godt satans."
Bandede Anders og krængede bilen ud i nødsporet.

*

Anders, Emil, Jesper og Hjalte bevægede sig frygtsomt om bag bilen. De stod fortabte og kiggede på bagsmækken af Anders' Ford Escort, der holdt i nødsporet på den tyske motorvej. Ingen gjorde antydning af at ville foretage sig noget.

"Hva'a, skal du ikke åbne?"

Hjalte skelede til Anders.

"Luk mig ud. Luk mig ud. Hjææælp."

Lød det pibende fra bagagerummet. De fire helte kom ud af trancen, og Anders åbnede bagsmækken. Ud stak et kridhvidt, forslået, men storsmilende ansigt. Det var Tosh S. Nissen.

"Hvad fanden laver du i mit baggagerum Nissen?"

Anders stod med åben mund og stirrede vantro på den lille mand, der var i færd med at kravle ud af baggagerummet.

*

Natten forinden. Tosh var vågnet af den slummer, som Jesper havde lagt ham i. Han havde opdaget, at han lå arm i arm med Hjalte, der i søvne lå og småpruttede. Med hovedpine, efter slaget fra Jesper, og kvalmefornemmelse, fra den dunstende Hjalte, var Tosh begyndt at kravle udenfor. Forvirret og omtåget af den formodede hjernerystelse ville Tosh bare trække noget frisk luft. Han var kravlet mod døren. Han havde følt sig voldsomt afkræftet og været besynderligt tørstig. Udenfor i den måneoplyste nat kunne Tosh se, at Anders' Ford Escort stadig stod med åben baggagerum. Omtåget var han også. Fraværet fra den vågne verden efter slaget fra Jesper havde forvirret Toshs tidsfornemmelse. Det sidste han huskede var, at de havde ventet på, at Anders og Hjalte skulle tilbagebringe øl fra købmanden. Nok havde han været klar over det mærkelige fravær af Anders og Hjalte. Han havde også nået at registrere, at det vist var første gang, at Anders havde ladet et bagagerum med en kasse øl stå uåbnet. Tosh var kravlet tættere på. Det var lykkedes ham at kravle op i baggagerummet. Stadigvæk var han meget usikker på sine ben. Da han, efter meget besvær, havde ladet sig dumpe ned i baggagerummet, stod to ting hurtigt klart for ham. Der var ikke nogen øl, og værre endnu var det. Bagagerummet havde en defekt holder til bagsmækken, så den umærkelige bevægelse af bilen, da den lette mand lod sig dumpe ned i bagenden, fik bagsmækken til at lukke med et brag. *"Det får være,"* havde Tosh tænkt. Han var stadig træt, voldsomt udmattet og så uendeligt tørstig. I det kulmørke baggagerum havde han følt sig frem efter et eller andet redskab, han kunne dirke smækken op med. Han fandt ikke noget. I sin søgen fandt han dog en flaske æblesnaps. Tosh havde drukket indholdet med bundfald og alt, så tørstig var han. Bagefter mærkede han den prikkende fornemmelse i hele kroppen og lod sig overmande af rusen. Tosh, der ikke var nogen lang mand, kunne mageligt være i det korte, men i øvrigt brede, baggagerum. Behageligt beruset, stadig ør i hovedet fra slaget, lagde han sig til at sove igen. Tosh havde således sovet på køreturen fra Hampen til Hamborg. Tosh vidste ikke, at han var vågnet i Hamborg. Tosh vidste blot, at han var vågnet, og nu måtte det være nok med det. Han kunne mærke bilen køre, men kunne ikke komme ud.

"Du har da ikke drukket æblesnapsen."
Jesper fiskede behændigt flasken ud af bagagerummet. Han holdt flasken op, så de andre kunne se.

"Det ligner mere appelsin."
Sagde Emil, der trådte nærmere for at se på indholdet. Jesper skruede i et snuptag låget af og stak flasken op til sin store næste. Han

snuste kraftigt ind.

"Efter jeg drak det, blev jeg så trængende, at jeg pissede i den."

Det tog Jesper et kort øjeblik, et lidt for langt øjebliks tid, at forstå beskeden. Han stod stadig med flasken helt oppe i næsen, da det gik op for ham, at han holdt en hel flaske af Toshs pis til næsen. I et hyl trådte han helt ud i siden af nødsporet og kastede op.

"Hm."

Anders rømmede sig.

"Det var nu ikke æblesnaps, der var i flasken. Det var frisk æblemost. Da jeg købte den for en tre måneders tid siden."

Nu mærkede også Tosh sin mave slå knuder. Han tog skridtet helt ud i siden af nødsporet ved siden af Jesper. Tosh ofrede tre måneder gammelt æblemost til de tyske motorvejsguder. Side om side stod de to. Den ene stor og volumniøs, den anden klejn og lav. Emil, der kunne se det stærke i synet af det enorme korpus i form af Jesper, og det dværgagtige indtryk Tosh gjorde ved siden af ham, sagde stille og andægtigt:

"Det er smukt."

Hjalte så det nu også og nikkede eftertænksomt. Længe stod de to opkastende yderpunkter af mandlige staturer. Flere gange måtte de gribe dybt i mavesækken for at vride de sidste rester slim og galde op. Yderligere forstærkede de hver især hinandens trang til opkast, eftersom de var endt med at stå så tæt. Den ene stod jo, bogstaveligt talt, ikke længere fra sin egen opkast end den andens. På jorden rendte slimet og galden sammen og dannede en enorm sø af tre måneder gammel æblemost og et par ikke helt opløste hotdogs, som Jesper havde stoppet næsten hele i sin mave. En sø af æblemost, lagret igennem flere måneder, og et samlet kvantum sur øl, der burde have været drukket over flere uger og ikke på en enkelt dag, samt fire hele hotdogs. Det var sindsoprivende ulækkert.

"Nå tøser,"

det var Anders, der tog ordet.

"Skal vi videre mod Polen, eller skal vi fortsætte den hyggelige passiar her i grøftekanten?"

*

Alle mand var igen i bilen, og Jesper tørrede tårer af øjnene efter anstrengelsen. Emil holdt sig for munden for ikke også at brække sig. Stanken fra Jesper og Tosh var ulidelig. De to opkastere havde, uundgåeligt, jokket rundt i søen af opkast. Nu bredte stanken sig med usvigelig sikkerhed på bagsædet.

"Føj for satan, det stinker."

Emil kiggede bebrejdende på Jesper. Jesper værdigede ham ikke et blik. Han kiggede stift frem for sig. Hjalte vendte sig mod Anders.

"Hvorfor lader du æblemost ligge i bilen?"

"Hm."

Anders blev rød i hovedet.

"Jo altså. Den lille bandit var hoppet ud af min indkøbspose. Og fanden tag mig om ikke den lagde sig helt inderst i bagagerummet. Det er jo godt nok, at Tosh hygger sig med at kravle rundt i bagagerummet, når det nu lyster ham. Det er jo ikke noget sted for en voksen mand ... ."

Jesper nikkede medfølende fra bagsædet. At maven var i vejen, var ærlig snak, mente han.

*

Det blev en døsen igennem det lange stræk på den tyske motorvej. Hjalte sov således uafbrudt fra de var tredive kilometer syd for Kasselbakkerne og hele vejen til aftenens stop. På bagsædet spillede Emil, Tosh, der havde fået midterpladsen, og Jesper kort.

De havde opgivet at spille *Fisk* og havde i stedet kastet sig over *Krig*. Først var de blevet slemt uenige. Jesper var bombesikker på, at esserne var de laveste overhovedet. Emil var energisk afvisende, og Tosh, der stadig havde en grim hovedpine, forholdt sig neutral i midten. Emil og Jesper var til slut enedes om at pille esserne ud af spillet. På den måde var toerne de laveste og kongerne de højeste. Troede de. Ikke langt inde i spillet havde Emil vendt en joker, og derefter var krigens regler igen kommet til diskussion. Jesper holdt på, at jokeren var den laveste. Emil holdt selvfølgelig på, at jokeren altid ville rydde bordet.

"Nej for helvede, din mide,"

sagde Jesper.

"Det er da klart, at jokeren er den laveste.

Jokeren er jo sådan en tosse. En retarderet!

Dem kan man sgu da ikke sende i krig. DE ER

IKKE KLOGE NOK."

Råbte han.

"Nej nej nej."

Emil var irriteret.

"En joker betyder jo noget uventet. Jokeren er ligesom et hemmeligt våben. Det er en atombombe. Derfor vinder jokeren altid."

De to kamphaner stirrede olmt på hinanden.

Tosh tog pibende ordet:

"Kan vi ikke bare pille dem ud også."

Alle medgik de den plan. Herfra havde der været ro på bagsædet. Så optaget af spillet og deres snak havde de været, at de ikke holdt øje med Anders og vejen. De var overbeviste om, at eftersom Anders havde planlagt turen, så havde han også ulejliget sig med at undersøge ruten på et kort. Manden i passagersædet, der angiveligt skulle have en GPS i stedet for frontallapper, slumrede fortsat.

*

En vibreren afbrød krigsspillet kortvarigt. Tosh fiskede en telefon op af lommen og svarede:

"Hej mor."

Tosh talte med sin bekymrede mor, der hver lørdag kiggede forbi sin voksne søn for at sætte en gryderet af. Hun holdt stadig sig selv ansvarlig for den liden størrelse, Tosh havde opnået i livet. Hun var af den overbevisning, at havde hun bare lavet den gryderet oftere til sin i øvrigt meget kræsne søn, så ville han have vokset sig til.

"Sæt den i køleskabet. Jeg er hjemme i morgen aften."

"Hvor er du dog henne lille Nissen?"

Moderen var nu mere end bekymret for sin niogtyveårige søn.

"Jeg er på vej til Polen efter et svin."

"Er du sammen med Anders?"

Ønskede moderen at vide. Anders havde hun stor tillid til.

"Ja mor, det er ham, der kører os."

Der var et lettelsens suk i den anden ende af
røret.

"Hils Grethe,"

råbte Anders fra forsædet.

Tosh sluttede af og lagde på. Han smilte saligt
efter samtalen med sin elskede mor. Emil
kiggede forundret på Tosh og sagde:

*"Har du haft den telefon i lommen siden i
går?"*

"Ja."

Emil rystede opgivende på hovedet, før han
kiggede ud af vinduet, imens han sagde højt.

*"Hvorfor fanden ringede du så ikke til os fra
bagagerummet?"*

*

Det gik først alt for sent op for de fem
ekskursionister, at et overordentligt
fatalt anslag mod ekskursionens formål var

sket, imens de var uopmærksomme. Emil,
Jesper, Hjalte og Tosh havde hver især troet, at
Anders så nogenlunde kendte vejen til Polen.
Faktisk havde de hver især tænkt det så
skråsikkert, at de aldrig havde nævnt noget
herom til hverandre. Anders derimod havde for
sin del været fuldstændigt overbevist om, at
han ikke bare nogenlunde kendte vejen, han var
uden brug af kort kørt målbevist efter Polens
beliggenhed. Han havde ikke været et øjeblik i
tvivl om vejen til Polen. Han var fuldt lige så
overbevist om denne viden som den viden, der
fortalte ham, at én øl aldrig kan være nok for en
tørstig mand. Nu, hen under aften, med udsynet
til de smukke skråninger, hvor ekskursionen
havde gjort et kort holdt, var fadæsen gået op
for ham. Ikke mindst på grund af Hjalte.

*

Anders havde et stykke tid nydt det bjergtagende syn uden for vinduet og syntes ikke, at han retfærdigvis kunne nyde de skønne skråninger og dalstrøg alene. Anders syntes, den livslange og bedste ven skulle nyde lidt af turen også. Han havde derfor givet Hjalte et puf i siden.

"Nu skal du ikke sove hele turen væk, din drønnert. Se den skønne natur. Det er jo på sådanne skråninger, man finder græssende hjorder af sunde svin."

Opstemt af sin egen poetiske trang fortsatte Anders:

"Det er her naturen møder menneskets behov for føde. Dette er moder naturs ... ."

Anders havde svært ved at finde ordene, så han kunne afslutte sin poetiske tale. Han var meget velvidende, at på bagsædet hang også Emil, Jesper og Tosh ved hvert et ord, han talte. I det øjeblik kørte de forbi en dynge sne, og Anders havde igen inspirationen:

"Disse skråninger er moder naturs køleskab."

Hjalte missede med øjnene og kiggede ud:

"Hvis ikke jeg tager meget fejl, så er det der alperne."

Anders, der på det tidspunkt var godt tilfreds med situationen, havde svaret:

"Det kan meget muligt være, og ikke meget længere skal vi køre, så passerer vi grænsen til Polen."

Hjalte kiggede vantro på sin ven.

"For hele hule fanden, Anders. Du har da for helvede ikke kørt os en omvej til St. Koloman i Østrig på vejen til Polen."

Anders var skråsikker.

"Jo, min fine ven, det har jeg. Næste stop er nabolandet Polen."

*

Hjalte pegede på det store kort på vejsideskiltet. Bagved dem susede bilerne forbi på motorvejen.

"Se der, dit forpulede makværk. Østrig grænser jo slet ikke op til Polen."

Anders kiggede på det store skilt med kortet. Han kunne godt se, at Polen ikke grænsede op til Østrig. Faktisk måtte de nu køre igennem Tjekkiet for at nå Polen. Anders kiggede rådvild på de andre, før han fattede sig i en passende grimasse:

"For pokker, Nissen. Al din sparken bagpå smækken må have fået mig til at misse min afkørsel. Blinde passagerer, vor herre bevares."

Anders satte sig igen ind bag rattet. Tosh stod og så meget brødbetynget ud. Han var flov og forfærdelig ked af, at han havde forårsaget så megen ulykke i forsøget på at komme ud af bagagerummet. Emil rystede på hovedet og satte sig ind i bilen igen. Jesper så mest af alt forvirret ud. For Hjalte herskede der tvivl om, hvorvidt Jesper helt havde forstået, at de var

omtrent lige så langt fra Svinebonden i Polen,
som da de satte ud fra Hampen. Han kiggede
på Tosh, der stod skamfuldt og med rødmen
malet over hele ansigtet. Hjalte fornemmede, at
Tosh virkelig troede på, at han var skyld i hele
miseren.

"Du Nissen."

Tosh kiggede op.

"Du er kraftedme for dum."

Hjalte vendte rundt på hælene og satte sig ind i
bilen igen. Tosh kiggede ud over bjergene og
skråningerne nedenfor, der åbenbart var Østrig.
Han rystede skammen af sig og råbte til
bjergmassivet:

"NISSEN ER HALVEJS I POLEN."

*

Ford Escorten tøffede op af de massive
skråninger til et lille Gasthof uden for St.
Koloman. Her regerede ejeren af det lille

Gasthof, Heidi Scholz, egenrådigt. Hun var receptionist, piccolo og madmor. Heidi stod netop i køkkendøren og drak sin aftenkaffe, da en meget overlæsset Ford Escort kørte ind i den lille gård, der tjente som parkeringsplads for gæsterne. Bilen standsede og ud trådte en fed mand fra førersædet. Fra bagsædet steg en flot mand og en dværg. Rundt om bilen trådte nu de sidste passagerer. En klejn mand med et snu udtryk spillende om munden og yderligere en meget overvægtig mand af en anseelige højde og med et meget dorsk udtryk i øjnene. Heidi trådte et skridt frem og tørrede hænderne af i forklædet:

"Herzlich wilkommen im Gasthof Scholz."

De trætte ekskursister kiggede på hinanden. Jesper trippede betuttet og kiggede ned, imens han hviskede:

"Hvad siger hun."

Ingen af de andre havde lyst til at fremstå lige så uvidende som Jesper, så de ignorerede ham.

Hjalte trådte frem og tog ordet:

"Hallo, møchten wir übernachten?"

Heidi smilte venligt. Hun vinkede dem med sig mod hovedindgangen. Hun smilte venligt til Hjalte for at have forsøgt sig med østrigsk, og endnu mere smilte hun til Emil for at være så flot en mand. Tosh så, hvad der gik for sig og følte det krænkende. Han maste sig imellem de to medrejsende, imens han snerrede med pibende stemme:

"I to er gift. Lad mig komme til."

Heidi, der fornemmede, at Tosh stilede med små, men hastige skridt i sin retning vendte sig om med et spørgende udtryk. Tosh standsede op foran hende og kiggede op i hendes ansigt. Det var i det øjeblik, at Tosh huskede på, at han kun kunne tale meget *meget* få gloser på tysk. Endda var de fleste af de gloser, han kunne, ikke meget anvendelige overfor denne underskønne Gasthof-kvinde. Tavsheden var lang og pinlig, og da Heidi var på nippet til at

vende sig igen, for at gå ind af døren,
fremstammede Tosh.

"Ich heisse Nissen."

"Ich Heidi gennant."

Heidi rakte hånden frem. Tosh tog den
triumferende og ønskede at tale mere med
Gasthof-Heidi. Han følte, at nu var samtalen
for alvor i gang. Da han igen åbnede munden
for at konversere Heidi, så kom kun bagateller
ud:

"Ich habe Hunger."

Heidi nikkede forstående, men det var ligeledes
tydeligt, at hvad magi der end måtte have
været, var afløst af praktiske gøremål i Heidis
tanker. Jesper ønskede også at gøre sin
uvidenhed god igen. I de mellemliggende
øjeblikke havde han gravet den eneste tyske
sætning frem, der endnu var printet fast i
hukommelsen fra Hampen folkeskole.

"Ein mal pommes bitte."

Heidi kiggede på manden, der havde talt. Hun

forstod ikke, om han lavede grin med hende
eller om det dorske udtryk dækkede over
virkelig dumhed. Hun svarede derfor:
"So wie."

*

Fordelingen af værelser var en kompliceret
affære. Heidi havde allerede næsten fyldt
sine værelser op med gæster. Derfor var der til
uddeling to tomandsværelser, og en trækudseng
i vinterstuen. I vinterstuen opbevarede Heidi
forskelligt fra haven og terassen, som dårligt
tålte de østrigske frostgrader. I vinterstuen var
der derfor potter med rosmarin, oregano og
forskellige sorter af tagetes der var sat til
forkultivering. Desuden boede Gasthof-
maskotten Bernd i vinterstuen. Bernd var en
gammel hankat af en anseelig størrelse. I sine
velmagtsdage var Bernd kendt vidt omkring det
lille Gasthof for sin enorme pels i mørkebrune

nuancer. Ifølge Heidi, havde Bernd i sine velmagtsdage været at ligne med den østrigske bjørn. Han havde været egenrådig og galsindet helt fra killingestadiet, og mange gode tanker havde han ikke tilovers for sine medmennesker. Bernd var dog ikke længere i sine velmagtsdage. Bernd var nu istedet kendt vidt og bredt for sin alder. Bernd var, for en kat at være, usædvanlig gammel. Katten var snublende tæt på at fylde femogtyve år. I fald han oplevede denne store dag i morgen, ville han tangere en international rekord. I fald han nåede sine femogtyve år, ville Bernd nemlig lige nøjagtigt tippe den gamle og nu afdøde rekordholder af pinden, nemlig katten Poppy. Af uvisse årsager, gav Heidi vinterstuenøglen til Jesper. Det var jo ikke fordi Heidi skulle bestemme sovegrupperingerne i ekskursionsgruppen. Alligevel var der ikke nogen, ud over Jesper, der syntes, fordelingen skulle være anderledes. Anders var fint tilfreds med at få Hjalte som værelseskammerat. Emil og Tosh havde heller ikke noget problem med, for en enkelt nat, at skulle dele rum med hinanden. Jesper forsøgte sig spagt:

"Jamen kan vi ikke bare slæbe en madras ind til jer Emil?"

Emil tænkte sig om, men rystede på hovedet og hviskede til Jesper:

"Nej Jesper, det går ikke. Husk på, hvordan Nissen i nat kravlede helt ind til Hjalte, da de lå arm i arm. Jeg er bange for, at han har den slags behov for at ligge meget tæt med mænd. Nu har du set, hvor tæt han ligger med almindelige mænd. Forestil dig en stor mand som dig selv. Han ville ikke kunne styre sig. Det er hvad jeg frygter."

Jesper gjorde store øjne.

"Tror du virkelig Emil? Tror du Nissen er sådan en? En, der er til store mænd?"

Jesper hviskede hæst og opskræmt. Emil var lidt nervøs for, hvad han mon fik sat igang på

Toshs vegne, men han ville så inderligt gerne slippe for at sove sammen med den storsnorkende Jesper. Emil nikkede og hviskede, imens han smilte afvæbnende til Tosh, der ventede ved trappen op til værelserne. Tosh, der ikke vidste, hvad der blev talt om smilte stort og hjerteligt igen.
"Ja, desværre Jesper, så har jeg mine anelser om Nissen. Han er særligt til store mænd. Det er derfor, at jeg må beskytte dig og Anders, kan du nok forstå."
Jesper gjorde store øjne, og nikkede ivrigt. Han kiggede over på Tosh, der ligesom han havde gjort til Emil, smilte bredt til Jesper. Jesper, der blev noget så forfjamsket over smilet fik en trækning over højre øje. Tosh, stadig uvidende om, hvad de to andre talte om, mistolkede Jespers trækning som et blink. Tosh var ikke en fyr, der blinkede ofte til nogen som helst. Den hyggelige stemning på turen, og kammerateriet i særdeleshed, fordrede måske nye

omgangsformer, tænkte han. Derfor blinkede han storsmilende tilbage til Jesper. Jesper slog forlegent blikket ned.

"Jeg kan se, hvad du mener, Emil. Godt du er en kammerat og hjælper mig."

"Læg du dig nu ned i vinterstuen sammen med Bernd. Så skal du se, du nok får en fin nattesøvn dernede."

Jesper nikkede. Anders kom i det samme gående forbi. Storskrydende som altid råbte han:

"Kom så, Hjalte. I dag får du glæden af mig. Du kan jo ikke sove tæt med Nissen hver aften."

Jesper rystede sørgmodigt på hovedet. Aldrig havde han vidst, at Tosh var sådan en. Med et glædede Jesper K. Hermansen sig til at komme hjem til Michelle F. Hermansen. For en sjælden gangs skyld, var han helt sikker på, at han havde sladder til sin kone, som hun endnu ikke kendte til. Jesper smilte.

Jesper havde svært ved at være i vinterhaven. Det hele var trangt, og Jesper var alt andet end trangt. Han lagde sig forsigtigt ned blandt rosmarin, forspirede agurkeplanter, tomatskud og tagetes. Langsomt, men sikkert, gled Jesper, trods den manglende plads ind i drømmeland. Vinterhaven, med hjælp fra Jespers store og naturligt varme korpus, blev hurtigt lun. Inden Jesper slumrede ind duftede han til rosmarinen, og følte en behagelig fred i kroppen, efter den lange køretur. Det var i slumren, at Jespers naturlige forsvar mod det, som ikke er godt for Jesper, begyndte. Det var måske de forspirede Tagetes, der nu fik lidt ekstra varme, og derfor rørte på sig. Måske var det rosmarinen, der sendte liflige, og for Jesper så fremmede, dufte i retning af den sovende gæst. Højst sandsynligt var det også lidt af de

allestedsværende hår fra Bernd. Den
kæmpestore og meget gamle hankat tabte
nemlig pelsen i stor stil. For hver vejrtrækning
og snork, trak Jesper uundgåeligt hår til sig.
Først samlede de sig omkring munden som små
miniature tremmer foran den vidtåbne og
storsnorkende mund. Flere og flere kom til, og
Jesper fik snorkende og smaskende hevet
Bernds aflagte pels ind i i først munden, og
siden ned i svælget. Uafvendeligt kildede og
irriterede det i svælget, så Jesper med minutters
mellemrum afbrød sin monotone hvæsen af
besværet luftindtag med nogle gevaldige host.

*

B ernd den stolte østrigske olding havde
været sent på tur. Den havde siddet på
terassen og holdt øje med det, en kat nu holder
øje med. I måneskæret havde Bernd besluttet,
at tiden var inde til at gå til ro. Den søgte

sædvanen tro mod Gasthofets nordlige ende.
Gik på gelænderet hen langs den store terasse
ud for spisesalen. Sprang stedkendt fra
gelænderet over på først en skraldespand, og
siden videre ned på jorden. Den holdt sig i
skyggen, imens den langs husmuren gik det
sidste stykke til kattelemmen ind til
vinterstuen.

*

Jespers fnysen og hosten havde taget til over
de sidst par timer. Nu var han holdt helt
inde. Ingen hvæsen efter vejret, ingen hosten,
ingen vejrtrækning. Jesper holdt vejret til den
store ubevidste finale.

Bernd trådte hjemmevant og selvsikkert
ind af kattelemmen. Noterede sig den udslåede
seng og en fremmed lugt i rummet. Stod
afventende inden for døren i ganske få
sekunder. Ikke en lyd var der. Bernd, selvsikker

som altid på at være det højest rangerende rovdyr i rummet, sprang op på den udslåede seng. I det øjeblik Bernd landede oven på Jesper, der stik mod kattens forventning lå og tronede i sengen, opgav den mægtige mands krop at holde vejret længere. Jesper satte sig op i sengen. Af et umenneskeligt sammenkog af forskrækkelse over kattens landing og den ekstreme iltmangel. Gav Jesper en grufuld, overmenneskelig lyd fra sig.

"AAAAAATTTTTTTJUUUUUU-VUUUUUU-HUUUUUUU"

Bernd handlede per instinkt på en rædsel, den aldrig før eller siden skulle opleve. Den satte kløerne i Jespers pande, og trak den enorme pote hele vejen nedover ansigtet til den nåede Jespers hage. Efter endt forsvarsdåd, stivnede Bernd. Blinkede to gange med øjne, hvor rædslen stod malet, hvorefter den var død. Jesper var derimod først ved at opbygge sit livs allerstørste oplevelse af rædsel. I andre situationer ville angstens tag i kroppen måske allerede på dette tidspunkt være ved at fortage sig. I denne situation var det slet ikke tilfældet for Jesper. Blandingen af iltmangel, øjne, der rendte i tårer over den allergiske reaktion, dybe ar nedover ansigtet fra de enorme poter, og den døde kat i hænderne. Alt det var mere end Jesper havde formået at håndtere i sin søvndrukne tilstand. Han tog ganske enkelt benene på nakken. Ud af vinterstuen. Stadig med den døde oldingekat i hånden. Uden en trævl på kroppen.

*

I den stjerneklare nat. Stod Anders og Hjalte og nød resten af et par gevaldige Jagatee på deres terasse på anden sal. Herfra kunne de se lysene fra den lille landsby i dalstrøget. De sneklædte skråninger på den anden side af dalen, og ned på den store restaurationsterasse i stueetagen ud for vinterstuen. De to venner kunne også over deres sidste slurke af Jagatee se en helt nøgen, sindsygt skrigende Jesper komme løbende over den store terasse.

"Aaaatjjuuuuu, Aaaaattttjjuuuuuuuuu, aatjjuu ... ."

"Gesundheit."

Sagde Hjalte lakonisk. Anders nikkede.

"Højdekuller."

Hjalte kiggede over på sin ven. Anders nikkede indforstået til sin egen betragtning.

"Et klassisk tilfælde af højdekuller."

Anders var skråsikker. Hjalte overvejede, om han skulle begynde en diskussion med vennen. Han var ikke overbevist om, at der fandtes noget sådant som højdekuller. Hjalte rystede på hovedet, imens han begyndte at gå indenfor. Han var træt. Før han trådte over tærsklen, tænkte han dog højt:

"Gad vide, hvorfor Jesper havde Bernd med på løbetur?"

Anders gik også indenfor. Han lukkede terassedøren og trak gardinerne for.

*

Tosh kiggede forskrækket på Jesper som de kørte afsted fra det idylliske Gasthof. Jesper ophovnet og med tydelige ar i ansigtet, kiggede stift ud af vinduet. Han var ikke interesseret i samtale fra morgenstunden. Anders fløjtede tilfreds med på melodien til *Et barn er født i Bethlehem*. Emil åbnede dagens første øl. Tosh lænede sig frem og puffede forsigtigt til Hjalte. Hjalte vendte sig rundt til den lille ekskursist på midterbagsædet og så spørgende ud. Tosh lavede et forsigtigt kast med hovedet i retning af Jesper. Hjalte hviskede:

"Højdekuller."

Hjalte så gravalvorlig ud. Tosh nikkede indforstået med vidt udspilede øjne. Imens de ventede på mulighed for venstresving ud på landevejen, så de Heidi stå med en skål og kigge op langs den offentlige vej. Emil rullede vinduet ned og råbte:

"Auf wiedersehen".

Heidi vinkede, og Tosh skyndte sig at vinke igen. Som de drejede ud på vejen, kunne de høre Heidi:

"Bernd. Beeeernd."

Imens hun indbydende og lokkende rystede indholdet i skålen. Emil nikkede smilende, da en hyggelig tanke slog ned i ham.

"Hov ja, det er rigtigt. Bernd er nu den ældste kat i verden."

Jesper brummede hæst et sted inde bag hånden foran det forslåede ansigt.

*

Franciszek Kowalczyk var stolt af at være polsk svinebonde. Det var på fine

morgener som denne, hvor de åbne vidder,
landområderne uden for den nærmeste by
Olsztyn, viste sig fra sin bedste side.
Franciszek kiggede ud over markerne og
spyttede. Han kunne lide at starte morgenen
med at få et panoramisk vue over de disede
marker. Når han således havde indtaget
morgenen med blikket på kulturlandskabet,
ville han vende sig om og kigge på de
kæmpestore bygninger, der udgjorde den
toptrimmede bedrift. Her i markkanten stod
svineavleren, der bestyrede en bedrift på
firetusinde søer, samt atten ansatte. Franciszek
var derfor en betydelig mand i området. En
selvbevidst og betydelig mand.

Det var imens Franciszek indsnuste sin
morgenstund inden arbejdet, at der kørte en
Ford Escort ind fra landevejen. Ud af bilen steg
fem umage mænd. To kæmper, to mennesker
og en nisse. Franciszek glippede med øjnene,
men da han igen fokuserede stod kæmperne,

menneskene og nissen lige foran ham. Anders trådte et skridt frem og sagde:

"Hallo".

Franciszek, der var perpleks over situationen, spurgte, imens han pegede på Tosh:

"chochlik".

Franciszek klukkede henrykt over sin egen tanke. Tosh blev beklemt over på den måde at blive peget ud af den polske bonde. Derfor tog han sin nyindkøbte, røde, østrigske tophue af. Franciszek kunne nu se det blottede hovede med blondt hår. Det var nu tydeligt for ham, at han havde taget fejl. At her blot var tale om en ordinær, meget lav, blond skandinav. Han brummede ærgerlig over, at det ikke havde været en nisse som først antaget. Anders, der fuldstændigt var blevet overhørt af Franciszek trådte endnu tættere på den polske bonde og sagde igen:

"Hallo".

Franciszek, der sjældent havde gæster og ikke

brød sig meget om det, kiggede hvast på

Anders.

"Hallo".

Anders, der sjældent tog sig et afvisende blik

nært, kløede på med sit ærinde:

"We would like to buy a pig out of the stable".

Franciszek kiggede vantro på Ford Escorten.

Dernæst kiggede han rundt på de fem mand i

forskellige højder, og til sidst så han tilbage på

Anders. Anders tog stilheden som et

forhandlingstegn og kløede på:

"Are you Franciszek Kowalczyk?"

Franciszek nikkede og brummede meget lig en

bjørn, dog stadig uden at sige et egentligt ord.

"We have worked with your son Gerwazy in

Denmark."

Et vredt udtryk gled over Franciszeks ansigt.

Hjalte, der stod i baggrunden, puffede Emil i

siden, lænede sig over mod ham og hviskede:

"Han er vist meget sur på Gerwazy! Så du,

hvor vred han blev, da Anders nævnte

Gerwazy?"

Emil nikkede.

"Anyway. We would like to buy a pig from
you."

Kowalczyk var i tvivl om, hvorvidt de fem
mand gjorde grin med ham. Ligesom de havde
gjort grin med Gerwazy i al den tid, han havde
arbejdet i det danske. Han rystede umærkeligt
på hovedet over situationens besynderlighed.
Det lette ryst på hovedet tolkede Anders som et
forhandlingstrick. Han lænede sig derfor mod
Tosh og hviskede:

"Vi skal nok få det svin fra ham. Om jeg så skal
købe to grisebasser for at vi bliver enige."

Anders holdt en stak euro frem mod
Kowalczyk og signalerede to med fingertegn,
imens han sagde:

"Two pigs from the stable."

Kowalczyk rystede igen på hovedet, men
betydede dem med håndtegn at følge med. Han
lod dem forstå, at de måtte blive uden for

bygningen, da de nåede hen til døren, der førte ind til støjen af tusinder søers hvinen. Selv forsvandt han ind af døren og lukkede efter sig. Han var rystet. Troede sådan en flok danske ignoranter, at man i Polen havde slagtede svin liggende til stalddørssalg! Han rystede på hovedet. Mest i vrede. Han følte sig fornærmet i sin grundvold. Fornærmet på sønnens vegne over alt det drilleri han havde måttet udholde i sit danske arbejde. Herefter tog Kowalczyk en rask beslutning. Kaldte to af sine medarbejdere over til sig, og satte dem ind i sagerne. Derefter bad han dem hente to af de selvdøde svin, de havde liggende ude bagved. Medarbejderne hentede to svin, der havde ligget til afhentning som affald.

"Hmm,"

tænkte Kowalczyk. Der bliver hundefoder ud af jer to, om I kommer med danskerne hjem, eller til hundemadsfabrikanten. De tre mænd pakkede kadaverne i plastikposer og bar dem til døren. Kowalczyk tog imod pengene, som Anders stadig stod og strittede med. Herefter lagde medarbejderne de to svinekadavere foran mændene og lukkede døren efter sig. Anders kiggede triumferende rundt på de andre. Da de ikke umiddelbart gav ham den reaktion, han ønskede, klappede han i hænderne og lyste op i et gevaldigt smil.

"I DIT ANSIGT SANDER M. RAVN".

*

Anders bakkede Ford Escorten tæt på de to svin. I det han åbnede bagagerummet stirrede Anders først lamslået ned i det. Herefter stimlede Tosh, Emil, Hjalte og til sidst, omend meget modstræbende Jesper til, for at se på det der lå i bagagerummet.

"Det var satans,"

Sagde Anders. Han kløede sig i nakken.

"Det er næsten som om, at hver gang jeg åbner

mit bagagerum, ligger der en blind passager i det!"

Emil kiggede vantro ned i bagagerummet. Tosh hoppede op og ned, men havde svært ved fra jorden at få stillet sine nysgerrige blikke omkring indholdet på bagagerummets bund. Emil sagde:

"Hvad laver Bernd i Polen."

"Den er jo tydeligvis blind passager. Se den lille bandit. Ligger der og hygger sig – strækker sig ud. Gider ikke engang rejse sig for godtfolk."

Anders grinte og talte med hvad, han mente var en silkeblød stemme, specialdesignet af Anders selv til at blive brugt på børn og dyr. Hjalte nåede at tænke, at Anders *ikke* burde bruge den stemme. Især ikke til børn, da det kunne skræmme selv de mest hårdføre ghettobørn. Stemmen kom til at lyde som en syngende blanding af Prince og Bryan Adams, i uskønne overgange mellem blød og hæs. Hjalte nåede ikke længere i tankerækken... . Emil prikkede til Bernd, der forskubbede sig, men i fuldstændig dødstiv tilstand. Alle fem venner, selvom ingen af dem var landmænd, boede dog så tilpas ude på landet, der helt ude i Hampen, at de kendte et dødt dyr, når de prikkede til det.

"Den er død!"

Emil konstaterede det tørt og ubehjælpsomt.

"Det var satans."

Anders kiggede rundt på de andre ekskursister. Han studsede en stund, da blikket mødte Jespers forslåede ansigt. Herefter trak han på skuldrene.

"Kære med-ekskursister. Bernd, mæt af dage, ønskede blot en sidste køretur med fint selskab. Han må have hørt os tale om vores fine formål, set sig nødsaget til at få mere lebensraum at se, inden dagene var talte. Tydeligvis ønskede Bernd, denne stolte oldingekat, at se et stykke dannevang, da den mærkede tidens fylde nærme sig."

Anders kiggede rundt på de andre, for at sikre sig, at de hørte efter. Det var ikke nær nødvendigt, for de hang ved hvert et ord, han talte:

"Jeg foreslår derfor. Nej. Jeg forlanger på Bernds vegne, at han får en begravelse i dansk jord. Tydeligvis har det været kattens sidste ønske. Bernd har ønsket at blive begravet i dette skønne stykke dannevang midt i Polen."
Alle som en nikkede de.

Imens Hjalte og Jesper med besvær baksede de to svin op i baggagerummet, skred Anders, Tosh og Emil til ceremoni bag Kowalczyks staldbygning. De gravede et lille hul i jorden, lagde andægtigt Bernd i det. De tilkaldte Hjalte og Jesper til en stilfærdig mindehøjtidelighed over deres faldne landskat. Jesper var ikke enig i det med landskat, men Anders påpegede, at når Bernd var kravlet op i Ford Escortens bagagerum for at lade sig fragte til Danmark, så ønskede den tydeligvis at emmigrere. Jesper nærede ikke et stort ønske om at rykke ud med den pinlige historie om sit forslåede ansigt. Ej heller ønskede han at fortælle om nøgenløbet ned mod Sankt Koloman i en sen nattetime. Jesper tav.

*

Emil kiggede betænkeligt på, hvordan Ford Escorten sank betragtelig i bagenden. Anders, der var steget ud for at overse pålæsningen dunkede Emil i ryggen.
"Den hænger noget i bagenden."
Anders smilte:
"Det retter sig, så snart vi får vægt i forenden."
Anders smilte selvsikkert. Ekskursisterne var nået til udkanten af Olsztyn i Polen, hvor de havde købt ikke bare et, men hele to svin til grisebassefesten. Ekskursisterne satte sig ind, og kørte hastigt afsted mod Danmark. I uskøn samklang sang de i kor:

"I dit ansigt Ravnen, i dit ansigt Ravnen, i dit ansigt Rav... ."

I det næste sving på den polske landevej skete det usandsynlige. I et skarpt venstresving, hvor Anders selvsikkert havde krænget bilen rundt, forskubbede svinene sig i baggagerummet. De gled uden ekskursisternes viden og indgriben til en position længst mod venstre i bagagerummet. Anders som chauffør, sad ligeledes selvsikkert i venstre side, uden at vide til den forestående katastrofe. Jesper, ligeledes uvidende om det forestående, og ligeledes i venstre side af bilen, tænkte slet ikke. Han brugte sin sjældne evne til at gøre hovedet helt tomt. Således i et polsk venstresving, hvor chaufføren tog let på den anbefalede hastighed, og hvor den samlede massefylde af svin og mænd var voldsomt skævt fordelt, skete det uundgåelige. Vel ude i svinget, på det naturlige sted, hvor enhver fornuftig chauffør ville rette bilen op og fortsætte af landevejen. På det sted

fulgte Anders sit naturlige chaufførinstinkt at
blive på vejen ved at rette op på rattet. Det
kunne han bare ikke. Bilen med sin kraftige
slagside af vægtfordeling fortsatte i et
venstresving. Eksursisterne fik en rundtur af
dimensioner, idet bilen fortsatte en uafbrudt
kurve på trehundrede og tres grader. Anders, nu
med skræk malet i ansigtet og sved på panden,
fik endelig tøjlet de løbske heste og køretøjet til
standsning. I en døs af dødsangst og forvisning
om at døden var kommet til dem alle, sad de
forstenede. Emil, der registrerede, at han stadig
sad i en bil med Anders som chauffør, Hjalte på
passagersædet og henholdsvis Tosh og Jesper
på sin venstre side, måtte sande følgende.
Alene det faktum at han sad i bilen endnu med
samtlige ekskursister, havde en forvissende
effekt på ham om, at de hverken var i himlen
eller helvede. Han var fuldt indforstået med, at
de i hvert fald ikke alle skulle samme vej.
Jesper kravlede ud af døren og kastede op midt

på vejen. Herefter kiggede han forvirret op.

Hjalte, Tosh og Emil var steget ud af bilen og kiggede på det besynderlige skue foran dem. Ford Escorten havde pløjet en cirkelrund ethundrede og firs grader aftegning på den polske mark. Hvad var endnu mere utroligt, var det besynderlige i, at de nu igen holdt ved begyndelsen af det venstresving, de få øjeblikke forinden havde været på vej ind i. Tosh åbnede munden og udbrød med spæd stemme:

"Fuck, det var vildt!"

Emil og Hjalte nikkede vantro. Bag dem hørte de Jesper endnu engang ofre maveindholdet til de polske landeveje. Anders steg ud og gik resolut til bagagerummet. Han måtte ae og klappe begge svin, før han var forvisset om, at de i det mindste ikke havde taget skade af flyveturen. Han stillede sig ved siden af sine venner og stirrede mod svinget.

"Once more unto the breach, dear friends ... ."

Ingen sagde noget til ham, så han prøvede igen:

"Polske sving bliver ved med at give."

Anders klarede selv op i et smil over den morsomhed. Da stadig ingen grinte eller sagde noget, tilføjede han yderligere til egen vittighed:

"Jeg giver en omgang mere."

*

Torben K. Jepsen, lokalbetjent, sad i sin bil på parkeringspladsen udenfor den lokale Spar i Hampen. Ved siden havde Torben sin kone Frederikke J. Jensen. Torben og Frederikke var i et uhæderligt skænderi. I sådanne situationer ville hver mand og kvinde være sig selv nærmest, og begge ville gå under bæltestedet i deres argumentation. Alt handlede om at få sine irritationer over den anden fremført.

"Du ved godt Torben, at jeg så gerne vil med til

den grissebassefest. Men åh nej, ingen vil have Torben og Fredrikke med. De kan ikke lide dig Torben, de er bange for dig."

Torben kastede irriteret med hovedet, imens han forsøgte at vente Frederikkes talestrøm færdig. Han lyttede ikke, for han kendte allerede indholdet. Den diskussion havde de haft så mange gange.

"Nej Frederikke, du tager fejl. De kan faktisk godt lide mig. De kan faktisk også godt lide dig. De frygter mig ikke Frederikke, men de har respekt for det skilt, jeg bærer. Det er der ikke noget galt med."

Frederikke bed igen:

"Nej Frederikke. Nej Frederikke."

Vrængede hun.

"Det er da pisse ligegyldigt, hvorfor vi ikke bliver inviteret med. VI BLIVER IKKE INVITERET MED."

Torben var gal i skralden nu. Så gal, at der kun var et fornuftigt svar, en fornuftig mand kunne finde på:

"Hold din... ."

Længere nåede han ikke i sætningen, før han så noget meget mærkeligt. Ind på parkeringspladsen kom Anders L. Kjeldsens Ford Escort. Forden var tydeligt overlæsset. Fra deres position i bilen, der endnu ikke var startet, og derfor henlå i mørke kunne de se, hvordan de fem umage mænd steg ud af bilen. Først Anders fra førersiden, dernæst Hjalte fra passagersiden. De to mænd smækkede dørene i og strakte sig. Anders smed en tom øldåse fra sig. Fra bagsædet væltede nu først Tosh, dernæst Emil og sidst, men i særdeleshed ikke mindst Jesper ud. Bilen hang stadig voldsomt i bagenden, selv efter mændene var steget ud. Torben kommenterede tørt. Mest til sig selv, eftersom han vidste Frederikke var vred på ham:

"Hvad har de fem Bukkebruse for?"

De fem mænd gik ind i Spar, og Torben steg ud

af bilen. Han nærmede sig Ford Escorten, og gik en runde omkring den. Tyve års politierfaring fortalte ham, at her var der noget på færde. En tanke slog ned i ham, der givetvis spirede frem, fra den enorme mængde krimier han læste i sin fritid. En tanke så grusom, at Torben måtte banke på bagagerumssmækken, imens han råbte:

"Hallo."

Ingen svarede. Torben kløede sig i nakken.

"Gad vide, hvad de fem helte fragter i bagagerummet, som vejer så meget!"

Torben hviskede det for sig selv. Imens Torben landbetjent overvejede sagens mulige sammenhænge, kom de fem ekskursister ud fra Spar. Alle mand med øl i hånden, og Emil og Jesper med en kasse øl imellem sig. Humøret var højt, og Torben kunne høre grin og hurtige udvekslinger af ord, efterfulgt af hæse grin. Torben trådte frem fra bilens skygger og tiltalte de fem.

"Godaften de herrer. Hvad har I gang i?"

Han tog sin formelle politistemme på. Torben havde en *Torbenstemme* og en *Politistemme*. Frederikke grinte af ham, hver gang han øvede sig foran spejlet på sin *Politistemme*. Hun ville som regel sige:

"Hold nu op Torben, der er da ingen, der kan høre forskel på dine stemmer."

Torben hadede, når hun latterliggjorde et af de, efter Torben's egen mening, stærkeste våben han havde imod de lokale lovovertrædere; nemlig myndighedens stemme. Det havde Torben og Frederikke været uenige om; også. Han rystede lidt på hovedet over sine associationer, før han igen fokuserede på gruppen af mænd. Anders var stivnet i en uskøn grimasse. Anders kunne mægtig godt lide Torben landbetjent, men frygtede ham for den autoritet han blev, når han talte med sin *politistemme.*

"Ikke noget videre... . Ingen grund til at tale

med politistemmen."

Fremstammede Anders. Emil kiggede ned i jorden og søgte at undgå øjenkontakt med Torben Landbetjent. Jesper kiggede på landbetjenten som en, der oprigtigt undrer sig over, om han lavede noget som helst, der kunne udtrykkes med ord. Det blev derfor Tosh, der tog ordet:

"Nååee,"

drævede han med pibende stemme, for at trække spændingen i det urimelige.

"Vi har såmænd bare imødegået importen af svinekød fra Argentina, reddet miljøet, og skruebrækket Ravnens monopol på svinekød. Det er såmænd, hvad vi har gang i."

Tosh smilte heltemodigt frem for sig, imens han løftede hovedet højt for derved at signalere, hvilken verdensmand han var.

Torben kiggede indgående på de fem mænd, og især kiggede han studsende på Tosh, der stod med sin nyfundne selvbevidsthed. Torben spurgte forsigtigt, af frygt for at han sandsynligvis ikke ønskede at høre svaret, der måtte komme:

"Hvordan har I så præsteret det?"

Anders forsøgte at få den lille mand til at tie for evigt, alene med blikkets kraft. Tosh mærkede dog ikke de morderiske øjne i nakken og svarede prompte:

"Vi har såmænd taget sagen i egen hånd. Gået op imod Ravnen, den danske regerings svinestreger og hentet os et par svin i Polen."

Tosh fejrede sin overbeviste følelse af at være dagens mand i skysovs ved at åbne bagagerummet i en elegant håndbevægelse. Torben kiggede ned i bagagerummet. Først havde han svært ved at se indholdet i den svage belysning. Dernæst så han, hvad der lå. Ikke et, men to styk forslåede svinekadavere. Han kiggede vantro på gruppens talsmand. Tosh opfangede sit selvbestaltede lederskab og sagde:

"De to polske svin skal såmænd grilles til grissebassefesten."

Torben opbød sin *politi-anholdelsesstemme* og sagde:

"Og hvor har I hentet de to svin?"

"I Polen."

Kvidrede Tosh. Stadig uvidende om, at han gravede sin egen grav dybere og dybere. Tosh smilte skælmsk og indviet. Emil derimod, forstod alvoren i situationen, og trådte nu til.

"Det er godt nok i Polen, men hos en af de stalde, der ejes af et dansk konsortium af landmænd. På sæt og vis, er dette altså to danske hjemvendte."

Torben så nu væk fra Tosh med furer i ansigtet og lagde det i folder, der udgjorde repræsentantskabet for den samlede politimyndighed i Danmark. Torben tordnede:

"Jeg kan se igennem med jeres sorte arbejde, jeres fordrukne kørsel bag rattet, men jeg kan saftsuseme ikke se igennem fingre med, at I

parralelimporterer svin i Polen."

Emil nu ligbleg, tilføjede i håb om ikke at føje mere skade til en tabt sag:

"Dig og Frederikke er selvfølgelig inviteret til grissebassefesten, og I spiser og drikker med uden beregning."

Torben aflagde sig på forbavsende kort tid, repræsentantskabet for den samlede politimyndighed i Danmarks folder, og lyste op i et *Torben-civil-ansigt.*

"Tak."

Sagde han stille og oprigtigt. Han smilte til alle fem ekskursister, lykkelig over at være indviet i og endda inviteret til denne lokale sagnomspundne fest. Han hilste af og vinkede, før han gik tilbage mod sin bil. Hjalte havde genvundet fatningen og lænede sig mod Emil:

"Jeg tror du kunne have sluppet, uden at tilbyde ham gratis spise og drikke."

Torben satte sig ind ved siden af Frederikke, der var et stort spørgsmålstegn.

"Hvad skulle du?"

"Nåee,"

sagde Torben og trak svaret lidt ud.

"Jeg skulle tale med nogle venner, og da du så gerne vil til grissebassefesten, så fik jeg os inviteret. Det var såmænd en ren forglemmelse, at vi ikke allerede er blevet inviteret. Du ved, de har haft så travlt med at få det hele på plads til festen."

Frederikke nikkede ivrigt. Hun tog det hele ind. Hun elskede, når Torben havde styr på sagerne for dem.

"Ja de var kede af, at de havde glemt os. De tilbød såmænd at betale hele gildet for os for gode gamle dages skyld. For den indsats, jeg jo som landbetjent yder dette lille samfund."

Torben smørede tykt på nu, og skævede til Frederikke for at se, hvordan det faldt ud. Han kunne se på Frederikke, at hendes humør var vendt på en tallerken. Nu strålede kærligheden til Torben ud af dem. Torben smilte igen. Han startede bilen og kørte afsted. Forvisset om, at det nok skulle blive en god aften, når de kom hjem.

*

Rollo J. Poulsen, Hjaltes kone, stod og snittede salat til grissebassefesten. Hun nynnede og var i et vældigt humør. Hun kiggede ud af vinduet, hvor Hjalte, Emil og Jesper allerede stod over grillen og smilte spændt afventende. Det første svin var der tændt op under fra morgenstunden. Ekskursisterne havde aftalt, at det ene svin skulle prøvesmages, imens der blev pyntet. Svin nummer to måtte være rigeligt til festen. Tosh kørte op foran huset. Den ringe højde, betød at Tosh havde fået installeret et rat med ekstra tyndt greb, så han kunne orientere sig ud gennem forruden ved at kigge igennem selve ratstammen. Der var i tidens løb forsøgt forskelligt, for at afhjælpte Tosh chaufførgerningen. Der var således blevet installeret ekstrahøjde i sædet, uden at det var komfortabelt. Tosh blev forfærdelig svimmel, når han skulle kravle ind eller ud af bilen. Til sidst havde man blot installeret et rat med ekstra tyndt greb og af en mere anseelig størrelse. Derved kunne Tosh kigge ud igennem ratrammen. Det så besynderligt ud, men det virkede. Rollo vendte sig, stadig smilende rundt mod Michelle F. Hermansen, gift med Jesper.

"Nu kommer Nissen."

Michelle havde været i gang med at skrælle kartofler, men gik nu hen til vinduet ved siden af Rollo. Hun kiggede også ud på de indtil videre fire ud af fem ekskursister samlet foran grillen. Ekskursisterne startede en fornuftig grissebassefest-morgen med øl. Udenfor kunne de fire ses siddende på hug, imens Emil råbte:

"SLÅ HUL."

De fire ekskursister slog hul i bunden af hver sin dåse. Alle som en stod de afventede på den næste ordre:

"SÆT TIL MUNDEN."

Alle fire satte dåsens nylavede hul til munden.

"Afsikr."

Øllet fossede ned af kinderne på de rødmossede og allerede beduggede fire. Michelle rystede på hovedet. Derefter puffede hun Rollo i siden, og hviskede:

"Har du hørt, at Nissen er til mænd."

Rollo vendte sig med åben mund om mod Michelle. Hun tog hånden op foran munden og hviskede:

"Neej da... . Hvordan ved du det Michelle?"

"Jesper opdagede det på deres tur sydpå. Tosh er til rigtig store mænd!"

Michelle nikkede indviende. Rollo havde svært ved helt at forstå det. Ofte havde hun følt sig overvåget, når hun lænte sig frem og kom til at afsløre lidt kavalergang. Hver gang hun

kiggede sig rundt for at få bekræftet sin sjette
sans omkring sin følelse af øjne på sig, havde
Tosh siddet og savlet. Med det i mente spurgte
hun igen:

"Er du sikker på Nissen er til mænd Michelle?"

"Heeelt sikker,"

drævede Michelle.

*"Jesper tager aldrig fejl om sådan noget. Han
er meget observant."*

Rollo nikkede og kiggede igen ud på den tredje
omgang torpedo foran grillen. Rollo havde
aldrig oplevet Jesper observant, men det kunne
hun jo ikke så godt sige til Michelle.

"Mon Hjalte ved det,"

funderede Rollo. Michelle rystede på hovedet.

*"Jesper har ikke sagt det til nogen. Han
opdagede det på turen, men er så meget
gentleman, at han ikke vil udstille Nissen for de
andre."*

Rollo nikkede anerkendende.

"Det er en god kammerat Nissen har i Jesper.

Hjalte er meget bange for sådan nogen."

"Hvilke nogen?"

"Ja, sådan nogen, der er til mænd."

Michelle nikkede forstående.

"Ja, nogen er bare ikke så rummelige, som min Jesper."

*

Anders smed Ford Escorten i indkørslen. Gik om til de fire andre i haven og kiggede på svinet, der grillede. Han smilte og gned hænderne.

"Du Anders,"

åbnede Emil samtalen.

"Der var en del fluer og smådyr på svinet, da vi ville lægge det på grillen."

Anders rystede afvæbnende på hovedet.

"Et par fluer kan ikke fordærve sådan et prægtigt dansk svin."

Jesper, Tosh og Hjalte smilte forventningsfuldt,

så Emil ønskede ikke at ødelægge stemningen.

Anders, der anså samtalen for afsluttet råbte

derefter:

"TORPEDO."

Der var grin og forventning, da de alle fem

skød endnu en dåseøl ned i svælget.

*

Der bredte sig en herlig duft i haven af grillet svin. Mændene savlede forventningsfuldt. De havde forsøgt at hjælpe kvinderne med opsætning af borde, duge, kulørte lamper og de andre fornuftige ting en grissebassefest måtte indeholde. De havde bare haft så svært ved at koncentrere sig om opgaven. Lige så snart kvinderne ikke svang pisken over dem, var de stimlet sammen om svinet som fluer om en hundelort.

"Nu er den der,"

proklamerede Anders, der stod med en luns af

svinet i munden. Taktfast lød jubelråbene fra Emil, Jepser, Hjalte og Tosh, inden hver af dem fik stukket en luns i munden og en i hånden. Med fulde og salige smil tyggede nu alle fem ekskursister på kødet. Michelle og Rollo nærmede sig, men blev venligt og bestemt afvist. Anders bedyrede:

"Dette svin er for de tapre, de brave, der uden at tænke på egen vinding, forsøgte at skaffe kød til grissebassefesten."

Han kiggede højtideligt rundt i flokken. Grebet af sine egne ord, følte han for at lægge flere til:

"Ved dette trug skal kun de æde, der har været turen omkring Østrig for at hente danske svin i Polen."

Michelle og Rollo kiggede på hinanden. Rollo spurgte Michelle:

"Tænker vi på det samme?"

Michelle nikkede og tog ordet:

"Hvor er det tåbeligt, Anders. Vi er da alle sammen med til at gøre klar til festen."

Rollo kiggede hovedrystende på Michelle, før hun sagde højt:

"Jeg mente nu. Hvad fanden lavede I i Østrig for at komme til Polen?"

Anders havde talt, og mændene var ubøjelige. De aftalte skiftehold på to, der skulle vogte det første svin.

"Rolig, rolig i forslugne kvindfolk."

Anders var begyndt at leve sig rigtig ind i rollen.

"Der vil være masser af flæsk på svin nummer to."

Fordelingen med to vagtposter viste sig dog at være underordnet. I hvert tilfælde de første tyve minutter. Mændene fråsede, pruttede og savlede, imens de stoppede sig med kødet fra det dansk-polske svin. Efter et kvarter måtte Tosh forlade flokken. Han havde ubærlige jag af smerte i maven, og søgte mod det lille stykke plæne bag drivhuset. Her måtte han lægge sig på alle fire, inden han kastede op, igen og igen rystedes den lille krop. Maven snørede sig sammen, og han kastede op i store stråler. Afkræftet kunne han kun forblive på alle fire, inden han kort efter igen blev overmandet af opkastetrangen. Tosh lå derfor allerede i position, da Hjalte nogle minutter senere kom kravlende hen ved siden af Tosh og ofrede sit maveindhold til haven.

"Aaav, aaav."

Jamrede Hjalte, inden han igen måtte kaste slim og kødklumper op. Tredje mand, der kom kravlende var Emil. Også han måtte overgive mavens indhold til jordens gødning.

"Aav, for helvede, hvor det jager i maven."

Både Tosh og Hjalte, begge stadig krampet sammen, nu liggende i fosterstilling i deres eget opkast, nikkede medlidende til Emil. Herefter forholdt de sig tavse i en tid lang, hver mand i sin egen smertes vold. Jesper og Anders kom kravlende samtidig. De to store mænd jamrede allerede, inden de havde kastet op. De tog rundt om deres store runde og udspilede maver, før de side om side lænede sig frem og kastede kaskader af slim, ildelugtende mavesyre og ufordøjede kødklumper op. Ingen af de fem orkede at flytte sig langt fra åstedet. De krampede i maverne og følte sig svinesyge.

Michelle og Rollo ledte rundt omkring efter mændene. Først havde de noteret sig, at svin nummer et var uden bevogtning på grillen. Dernæst havde de været overbeviste om, at der var sat en fælde for dem. Efter noget tid var de dog blevet enige om, at der ikke var vagtposter omkring svinet. Første indskydelse var at forsyne sig med smagsprøver. Anden indskydelse, da de opdagede en kun halvt tømt ramme øl uden bemanding, var, at der var noget ravruskende galt. Herefter havde de søgt rundt i huset og haven efter de fem ekskursister. Omtrent samtidig fik de den ide at kigge nederst i haven bag drivhuset. Synet, der mødte dem var makabert, ulækkert og ikke mindst ildelugtende. På jorden bag drivhuset lå de fem helte fra Polen-ekspeditionen og rullede sig i opkast og mavehold. Hver og en i sin egen smertekrampe. Hver og en rullende rundt i hverandres opkast. Michelle og Rollo lagde hænderne over kors og skrævede let med benene på sikker afstand af svineriet. I kor sagde de:

"Hold kæft en svinesti."

*

En uge efter den mislykkede grissebassefest, lå Emil K. Larsen og så fjernsyn ved siden af sin kone Silke T. Larsen i sengen. Silke vendte sig mod Emil:

"Ved du hvad, skat?"

Emil kiggede modvilligt væk fra fjernsynet og over på sin kone, imens han rystede på hovedet.

"Nissen er til store mænd!"

"Hvad?"

Emil så undrende og skeptisk på sin kone.

"Hvem har fortalt dig det?"

*"Det har Rollo og Michelle. Michelle har fået
det fortalt af Jesper."*

Emil kiggede stadig undrende på sin kone.

Historien med svinene, turen til Polen,

mellemstoppet i Østrig var allerede ved at

fortone sig i Emils hukommelse.

"Hmm,"

sagde Emil og nikkede tankefuldt frem for sig.

*"Jeg har sgu altid haft det på fornemmelsen, at
den lille Nisse var til en side... ."*

*